第35届
青春诗会诗丛
《诗刊》社 / 编

扫雪记

年微漾 著

南方出版社
海 口

图书在版编目（ＣＩＰ）数据

扫雪记 / 年微漾著 . -- 海口 : 南方出版社，
2019.8（2019.10 重印）
（第 35 届青春诗会诗丛）
ISBN 978-7-5501-5571-8

Ⅰ . ①扫… Ⅱ . ①年… Ⅲ . ①诗集 – 中国 – 当代
Ⅳ . ① I227

中国版本图书馆 CIP 数据核字 (2019) 第 157220 号

扫雪记
年微漾 著

责任编辑：高　皓
特约编辑：隋　伦
装帧设计：史家昌

出版发行：南方出版社
地　　址：海南省海口市和平大道 70 号
邮　　编：570208
电　　话：0898-66160822
传　　真：0898-66160830
经　　销：全国新华书店
印　　刷：阳谷毕升印务有限公司
版　　次：2019 年 8 月第 1 版
印　　次：2019 年 10 月第 2 次印刷
开　　本：787mm×1092mm　1/32
印　　张：5
字　　数：128 千字
定　　价：40.00 元

目录
CONTENTS

辑一 遥远的回想

辑二　远山如飞

辑四 古老国度的切片

辑一 遥远的回想

遥远的回想

天亮时鸡犬相闻
祖母摘下木质门闩
她要去渠道汲水，怀抱贡品和香烛

初二是祭祀土地的日子
新鲜的菜叶浮在水面
缓缓流过土地社

田野间处处弥漫着稻草的香味
露珠在荷叶上滚动
对蚂蚁而言，那声响如同惊雷

年幼的孙女，此刻尚枕着神灵的庇佑
一个香甜的梦正在发生
她被抱养到这里，已经十四个年头

有一天，她听见木盆中的水
用清澈倒影，议论着她的美
这让她有点不好意思

中年的邮差回到村里，将一封信
准确投递。小暑的清晨阳光滚烫
他知道信纸上写的字字都是火焰

在一九九七年

斧声劈掉了山谷的清晨
从松树枝头震落的霜凌
有几块掉进了伐木工的衣领里

秋天，正在安详地逝去
有人单脚支地，抬头看云
在自行车上完成简短问路

一个节日，告别县城回到乡下
宫观里信奉三一教
它们被修出歇山顶，和精巧的龙柱

眼见炊烟升起，衰草枯黄
厨房中孤独的勺筷
碗碟里寂寞的冬笋

孩子进山去喊外祖父
早餐冷却，但山上只传来
墓碑的回声

那时何其快乐，一家人围着圆桌
吃年夜饭，就像一捆木头
手拉着手跳进篝火

离 岛

海风吹过数排木麻黄
不断有树叶掉下来
落叶堆在一起，就像香灰

一天之中，潮汐借助涛声
在岸上修筑宗祠。沙滩嵌满了残壳
铁蒺藜锈迹斑斑：它们都是乖顺的子孙

两顶头盔一台机车，迅速消失于
入夜的公路。午后下过的暴雨
很快也将蒸发自己的踪迹

在海的对岸，始有灯光渐次亮起
那里是厦门，也可能是漳州
但没人知道此刻正在发生什么

一位老人从镇公所回到家
墙上挂着妻子的照片。没能爱她至死
是辛巳年以后，他活在世上唯一的痛苦

道路拨开高粱，向北方山坡爬去
地势升高，光阴下降
一颗星辰再往南，就化作了东海的一滴水

海 城

小县城孤独于世。正午八时许
宽敞礼堂掌声雷动
那些孤独迎接正确的可能

边陲的人民
委身岛屿之上
波光如同方言，在辽阔海面流传

环岸公路连接学校与政府
学生继承体育场，球棒挥动
海鸟飞出地球，回到泉州府同安县

远处，是集市、民居、宗祠和海滩
再远是天后宫，妈祖保佑人们
世代生活在古早味食谱里

一位老农开着三马车，到数公里外
给果树喷洒药水。群山被掏空
成为坑道，像怀揣巨大的丧子之痛

前天夜里，他的儿子戴上钢盔，回到阵地
借着炮火映照，年轻士兵写下一首诗，并为其中两句
激动不已：他深信它们将替他，抵达更远的岁月

立秋赋

七月台风掀开屋顶，竹梯子架在
撩檐枋下。一个人的孤独无人搀扶
他坚信万事万物皆可修补

斋醮的铙钹声，抄小路追赶上麻雀
麻雀去意已决。田园立秋，砖色红润
壁虎守在墙上有如孝子

我拢着妻子走在返乡的路上
那里，曾发生过初恋。旧事重提
我并未因时过境迁心生感伤

不断有风，在芦苇顶部练习站立
此时若无一泓清潭，这周而复始的失败
如何能在人世可能中，被一再复制

妻子向我问起后来的事。她今天
垫着一层浅浅的粉底，新婚半年
修族谱的人已将我俩印在一起

路边看见两只野猫：一只橘黄另一只纯白
被青绿山水包围。它们是不被祝福的一对
却也是爱得最深的一对

象田院

雨声穿上高跟鞋，在庭院来回踱步
小窗幽闭，春日归迟
年轻的少妇沉默寡语

孩子削木为剑，在走廊里
刺杀虻蝇。偶有汽车开到
他就跑向大门口去看

麻醉的药力刚过，老人惺忪醒来
他希望第一眼看见
儿子守在身边：余生里他以他为记挂

父子二人约好天晴后下一盘棋
棋子落在木质棋盘上，棋局惨烈
他让出父亲的位置，他赢得孤儿的身份

妻子挽着他，走在湿滑的石道上
穿素服的小两口，唯有一代人
才能搀扶同一代人走得最远

回到老厝东厢的第二进房间里，蚂蚁
搬运面包屑——爱，这个从她齿缝间
掉落的词语，正在拯救低处的民族

涌泉寺

庆历六年秋，接引大宋进山的
是邵去华、苏才翁、郭世济和蔡君谟
他们后来把游记勒在悬崖上

山川寡淡，世人多情
石头乐于贡献皮肉
却不愿显露刻骨的悲悯

眼见天色渐暗，一群人徒步归寺
今时回荡的笑声
恰是九百多年前那阵笑声

一座廊院，分给寺庙三间草堂
月光摸到宗师祖庭
剃度成为一炷青烟

粗编的草席面墙铺开
被顽石打败的古代
正在割让子孙的尘缘——

僧侣和官兵行礼作揖
身后各有一段蜿蜒的山路
像骑着两条龙在松海相遇

鼓山居

万籁阒寂。睡眠抚摸着人群
山泉放下鞭子而虫唱独醒
秋天的假声无人认领

借助一个转音，秋风俯冲山下
灯火辉煌的城市
夜晚是那里唯一的缺席者

邻居从远处发来短信
大量篇幅用在了道谢
他交代的事情，已得到妥善解决

红尘中，腹背受困的子民
知恩感恩的众生
他们可怜又可爱

坐在大雄宝殿的台阶前
夜露悄悄下了很久
廊庑相连，影子拴在立柱边

——这匹漆黑而瘦削的老马
多么倔强！在我身后，它立下宏愿
要向豆粒大的烛光索要草原

小城故事

大体是平静的：榕树的浓阴
覆盖公路。偶有汽车开过
带来转瞬即逝的幻想

从西河到四桥，有段废弃已久的江面
夜里，船只屈指可数
仿佛正熨着一件发皱的纪念品

是的，礼物有时替我们说出
难以启齿的感情。一件布偶、一块石头
或一只铁罐，都是来自身上的器官

那年十月，三角梅凋谢
城中小小的房屋，窗户向北
没有可供发愁的明天

你站在巷口简短告别
巷子里有家杂货铺
女店主靠生火捱过寒冬

小火炉上火焰在跳舞
我也想有这样的妻子
她爱这个家爱得噼啪作响

明月高悬的晚上

在江滨共进晚餐
是明月十一时
河水绕着脚下哗哗地流

餐盘间堆满土豆香菇玉米
和韭黄，烧烤架上它们慷慨赴死
连同从土壤里带出的乡愁

我喜欢的女人就坐在对面，不久前
才烫过卷发，这暗示她热爱着
一波三折的生活

有时举杯引发短暂沉默
我怕她猜透我的心思
也怕她猜不透我的心思

在那之后我送她回家，将她还给
一扇门，和门背面的梦乡
我渴望鱼水之欢，但一切止于幻想

她会对我说晚安，在明月高悬的晚上
两年以来，都是这样
她也许知道我爱她，也许还并未觉察

潮安记

江流目送我们回福建：今夜惜别
有属虎的伤感。对岸传来敲锣声
铜的泪腺中，火星早已交给了命硬的人

想起多年前，乱蛾如豆，秋月无垠
庙宇里的神祇，据说曾有功于社稷
一盏瓷壶，将树叶的姓氏迁入茶杯

主人是一位丧偶的妇女，潮绣美丽
点缀在孙儿的肚兜里
针孔处吐出人生，看不到半点锈迹

茶桌旁，我在翻一本破旧的书
就是不断把书的右边，借给左边
让这片家园，只剩下海水的厚与故土的薄

再见，潮安。妻子把头埋进了
我的臂弯。动车飞过桥梁
整个二月都在发出轻微震颤

雾在林间，甘蔗赴死，前路是一段
甜蜜的旅程。愿亲人如松木蒙受覃恩
落籍灶膛是富民，置身刻刀下，也有菩萨可皈依

三饶镇

冬日里族人修葺庙宇
木屑飘飞，一顿简短的午餐
就像正午扬弃的刨花

墙头，架满了竹梯
从那里攀缘而上
可以领取神的旨意

木头是耽于怀旧的事物，钉子
咬住当下，铁锤咀嚼未来的回声
古老契约加固不可得的人世

霜雪要向田园借道
邻里之间，都不好拒绝
只有茶水在委婉地冷却

黄昏中，小学校从镇上归来
踩过的树叶沙沙响。遥远娘家
传来口信，一位少妇泣不成声

许多年前，这些故事尚未发生
流水代表时间，经过了它们
一株蒲草倒影曼妙，它距银河仅一臂之遥

夜居韩江

家乡发生在韩江两岸。夜里
渔船自远海归来，经历过无数风浪
它已成为被海难喂大的神

族长修书一封到福建，信中诸事
皆江夏流芳。昏暗处香头凿出光
祠堂收留着一个值得尽忠的祖国

浮桥之上，天下太平。城墙无所事事
木棉除了落花，别无诗句节度使
三只茶杯，轮流搬运着单丛山间寂寞时光

打银街中儿童在成长。他们中的一个
后来去了都市，每当回首往事
他怀念单车铃声中火花四溅的猫

出花园下午略漫长，而迎老爷的正月
太匆匆。面对一行流水一阵青山
是谁的父亲，选择走在退休的路上

命运不紧不慢地跟着：晚年将至
他心生悲凉。唯有江风呵
唯有江风，安慰了他的脸

象埔寨

火把到这里寻找过废墟
而遗忘在点灯。断碑抓住景定三年
如同灯芯抓住火焰

丑时既过，香案倾斜。黑色家猫舔舔毛发顺便
也舔舔神像的霓裳。一千多年来
舌尖上的倒刺，将信仰抚养成长

只有几件事在永恒进行：生老、病死
或者迁徙。人们搬运木石建造房子
木石也将他们，反锁于自己坚固的属性

或者摧毁，日复一日的居住
耗费着无尽的生灵。春来时新鲜的争吵
仿佛冬笋在灶面

餐桌上摆满丰盛的早餐
白粥与肠粉，搭配凤凰单丛。古老关系里
冷却是妻子回敬沸腾的唯一方式

正午时，窗台上的小草派出阴影
去房间清扫她的泪——
在光的孕育中，那草暂时得到了盐的命名

黄冈河

茶山把江流过继给平原
清晨慷慨，人群交换方言
整座小城被用来接壤闽粤两省

阴雨缓缓犁过这农历中的一天
四点金老屋里，扫帚在归拢破碎的声音
就像舌苔小心翼翼，抵达辛辣味觉

一生中充满了悲伤的时辰
今日的悲伤，是瓷器上的花
没能以完整的样子，交给裂缝

有时在江面，船只归来
留下长长的辙痕
父亲从婉约派宋词里，带回文士的忧郁

妻子并未如期去接他
节气正值小雪
但小雪不会真正降下岭南

他的余生即将这样度过——
茶索蜷曲而细长，只有水做的
钥匙，才能打开这上锁的孤独

在饶平

未有过多的选择：从三饶镇
去往黄冈的路；把桥建在南门口
只能得名南门桥

江水宽于明朝，长过文言语法
在市井的居留。当它平静如纸
老人借助钓钩，温习古老句读

夜里，雨水肆意挥霍着
天地的空旷。临近假期最后一天
女儿在房间打包行李

既然执意要走，那就请远方
以失败教育她，就搂着妻子站在摩托车旁
目送长途客车渐行渐远

在初七日。天晴。宜白发攻陷双鬓角
忌返程途经小学校
和市场里邂逅比目鱼

没有人理应当老去
但一切都需被缅怀
听！即使只有凤江在人海

在故里

河流已经收集好远方。一位老人
又钓起余生的一天
他从水中得到的，已经越来越少于想象

星期三路过一桩旧事
言语之间，看见月亮
又回到被纪念的位置

那真是一段艰难的时光
院子里，妻子尚在淘米、炊饭
竹竿上晾着四十一码的青春

往南面，木构的房子墙体坚固
风一阵接一阵，催促一代人
加速成为另一代人

他们在抵达银镯和神龛，铁器是铁器
锁是锁。家族在高处，不知为何物
上钩，是一条鱼领受到的家训

古老词汇啃噬族谱
寂静的天空，落日苦闷
像巨大的指纹在检索祖先

闽中岁月

已经夜深了，星河暗淡
暂未收拾凌乱的茶盘
背对一棵苦楝树，主客惜别如是再三

枝头人事变迁，落叶刚从党组会
回归屏风马。院里小菜圃
今秋新种下葱姜和芫荽

没有谁对未来怀抱太多憧憬
此时回忆十年前，那踏石
行路的晚上，就显得格外安静

除了一位少年，他在失眠中
度过十六岁。红色封皮日记本
形容词举办舞会，暗恋彻夜亮着灯

哦！一首音乐单曲循环
唱出的旋律教人感伤
何况伴奏里，还有巴乌和木管

是怎样的秘密在流淌？有人老于鼾声
有人永失旧梦——尽管每个昨日
与今天，仍以无数片段在虚构重逢

春日看海

海滩上数点脚印
红嘴鸥练习倒影
北方省份寄来长信

说见字如晤，今年的春天
要迟于往年。落款只有一个字
笔迹清秀，就像深埋地底的种子

镇上正在欢庆元宵
人群早早来到神庙
古老的脸谱，表演傩舞

一半是硝石，飘在风中
一半是被重复的祷词
它们让尘世有了高下

云层要来缝补命运
只能借雨水当丝线
可速朽的日常使人发愁

父亲久久没有开口，离开了母亲
他越来越孤独。但只要他回头
就能看见我们，还站在身后

尘 曲

小路弯曲，伸进农历
立夏发生在四月初一
淋过最后那场谷雨，女人的胸型美丽
油桃树抛光在晨雾里

一个家族聚在一起
谈论抱养的孩子
姓氏的问题。铁锅里熬着薏米
祖先窃窃私语，变成余渍附着碗具

一辆公车打断河流休憩
一块巨石在桥底
为河水接骨。多灾多病的童年
唯有疼痛新鲜如洗

午后微风消瘦，禾草青绿。蜻蜓迁徙至此
尚未适应崭新的户籍
万物内心平静：对于光阴的逝去
没有谁面露愧意

头上烈阳缓缓向西。晚霞美丽
像神的双眼皮，看守落日的住址

在一个住址，只有收过爱人的来信
它才适合成为故里

那里，未经情事的少女，专注于疼爱
年幼的弟弟；而少年正用尽气力
将妹妹高举过顶。她脸上残留的
泪滴，如同星光佩戴在天际

暮 归

黄昏，路面上渗出了一道
新鲜的血迹。花了三年时间
死亡在那里追上一只野猫

集装箱下，安着无法复原的家。有时雨水
沿着铁皮的凹槽，规则地流下
过去岁月里，自然宠溺以谨慎的暗示

表姑嘱托姑父去镇上
接最小的女儿。那辆农用车
几经维修，如今安着三只大小不一的轮胎

一家人靠它，在农历中搬运生活
没人在意这外形上的滑稽。周而复始的路
让一辆车首先卸下体面和尊严

在岔口处，父女二人彼此错过
碎石子递送着拉杆箱，马尾震颤
背影与乳名，同属易碎之物

她美得愈发朴素了！从省城学校里
学到的知识，并没有尾随至此
唯有这朴素，才可匹配消逝的余晖

鼓浪屿之夜

海，荡漾在足够的辽阔中
比之更辽阔的，是潮汐
在岛屿上的失败

三两亲朋相约去海边
海风拂面，像女友抵达妻子
又像国家抵达故乡

没有离别的夜晚，藤蔓驳杂
道路昏暗，巷口处每点微光
都在对前程发出赞叹

只有一家咖啡馆开得最晚
天花板下，风扇在旋转
半开的窗户放养奶香

午夜过后，人群散去
穿蓝衣的姑娘握住碎布
将木质桌面反复地擦

我们偶遇了一块石头，上面刻满了诗
但刻字人不详。可以肯定，他终于
放下对命运的统治，在词语里悲壮地托孤

冬日

光赤脚踩在枯枝上，树皮发烫
修剪梅花的老父亲，他在
家族中的威望已褪色殆尽

六十三岁的这个冬日，波浪依旧
建筑大海。福建小如童年
从每段江河中打捞起的籍贯，都是浪子

没有人愿意目睹苍老的发生
群山故意放缓语速，好让夕阳得以
从容地躲进叙述的背面

只有海风不停袭来。中年以后
世界对一个人的批判
渐渐攻陷了沙滩、山峦和屋面

他想伸手擦去海风，可他的手臂
只有结拜时的烟疤。多少年过去
只有他炫耀它们，如同炫耀勋章

但只要他愿意，国家就会来到这里
沿着霜雪覆盖的道路，埋下一丛萌芽
去深深致敬，镜子里正在剃须的残冬

车过青口

雨落在窗外的国道上，道路拥挤
在一个叫青口的小镇，车上安静地
能听见人们陷入沉睡时的呼吸

只有一位少妇在说个不停
说她遥远的家乡，说起村庄
还未被铁路找到时的模样

她喋喋不休地说着，令人心生厌烦
这颗孤独的灵魂，究竟曾经历过
怎样的生活？雨仍在下，道路不断延伸

但愿她随身带着伞，但愿路边
还有光——这世上为数不多的好人
足以保全伞面上，少女般的图案

我突然无比悲伤，并非所有车
都能把孝子，送还父母的跟前
把一位丈夫，送回妻子的厨房

退休时光里，祖父弹奏八角琴
怀里抱着一段古老的乐句，像抱着一个
永不会长大和离开的孩子

此生之憾

芒果骑墙如泥匠，将层层绿叶
砌向上空。家猫扑住毛线拆解雨天
织成的毛衣，能抖出妻子温柔的责骂

六条小路，分解了这个家
其中一条，帆布鞋踩在碎石上
会重返入赘生涯的第十二年

儿女成长，牲畜肥胖，水稻的金黄中
流传着一个人的好名声——他已经
忘了归途，却从没有在人情中迷路

七月半到祠堂祭祖，祖先簪缨蝉联
端坐画像中央。从深山岩层
开采的颜料，传递着家族古老的神态

路遇各种人群：怀抱书包、木箱、簸箕
或藤筐。所有容器看似空无一物
但一经倒出，都是沉重的人生

像云层抵达山头，雾气缭绕
举目可见。你很难说出
那究竟是苦难，还是冠冕

闽江学院记

今天全城都在下雨
大学新区的报告厅
有场活动即将举行

午后，电流经过致辞
校准十九岁。一位少女除了长发
暂无他物可供忧愁

车辆在飞驰，林阴广阔
红雨伞蓝雨伞绿的黄的
几条流浪狗相互撕咬

可怜的小生命，它们最终都没有
松开输赢——如果失意可以
包容失意，也许就能搀扶共度严冬

不如去郊外的飞机场
看飞机起降，行李箱内塞满
回忆和浮名，沿着传送带慢慢地走

宽大的玻璃是一种植物
上面结满了雨声，但从不挽留雨水
就像命运对人类的认领

夜行长安

漫步长安的大街
在一个深夜
月光临照钟鼓楼

我的维族小伙计
来自遥远的阿克苏，此刻手抓
一撮孜然，往烧烤架上轻轻洒

谈及故乡他眼泛温柔
河水流经胡杨林，当初哺育李白
也矫正过玉石在河床里的发音

有一年诗仙来到这里
去酒肆买醉，给友人写诗
孤独的盛世徒增冠冕

两个流浪歌手在弹唱
汉人温良，匈奴彪悍
是音乐让听众道弟称兄

唱起远方，那远方白于雪那远方细如盐
大海暂时劝住国家：有时辽阔
带来荣耀，但也令人无比悲伤

临潼的冬天

天气越来越冷
柿子树掉光叶子
河床干涸，冬日冗长

走在放学回家的路上，小学生
孤独如动物，迎接他们的
只有数公里外传来的犬吠

院子里，母亲在旧婚姻中
越来越荒芜，一颗自然脱落的石榴
沿着水沟滚了好久

幸好还有一日的暖阳
将人世安慰，幸好渭水和泾河
尚以旧情怀巡视秦岭

有人下定决心去南边
要坐火车，今晚就出发
听说那里的树木还很茂盛

但何须至此？车厢承载梦想
平稳地运行在铁轨上
毕竟隧道幽深，寒潮也凶猛

今春惜别水东街

整整三年过去，没有消息传来
这次，想来是永远地离开
屋外是江流、舟影、竹林和青苔

等一场雨发完春天的脾气
桃花就会盛放。年年都是如此
美啊美，美过了从前的荒唐

满地落英堆积，狭长古道上
托举着一个人半世纪的好名声
清晨晨练，肢体上镌满物质的鞭痕

是的，让一棵树孤芳自赏
本属于心不忍，何况彼时还坐在
会议室里约法三章

途经花香的一半，我目送他远去
他行将衰老的病体
孤独地行走在人间里

哦！一个人该有着怎样的悲怆
让整个尘世也心怀亏欠
才会对他一再深情地挽留

在汀州

江上早无船帆，航道止息
盐工散去后，只剩苔藓
在修补草鞋与青石的关系

水流急，已经很少有人重提
烟袋的香气。旧时小曲，唱尽佳人才子
保长走过店头街，去改小了褂衣

柳阴深处，坐定三两绣花老人
一根细长的丝线收住心，才最终
将凤凰掌握于缎面之上

机械轰鸣中，来自外乡的施工队
将路牌吊上杆顶。从前诀别的伤感
在年初刚刚被拓宽了三倍

婴儿咬紧乳头，被继承的午后。宗祠坍圮
而廊柱戳穿屋顶。那种痛据说只有
被孽子忤逆过的父亲才能感知

后来的家书里，南国有过几番小动荡
但究竟归于安宁。一切都得益于家训
粗厚的树叶，将阵阵寒风，举过竹林

春光归途

春光明媚，暖风含糖
机械打包灌木丛
青草的灰烬，向瓦砾托孤

转眼多年，这个地方让出的空旷
开始有了动车经过。整节车厢
在午后，只剩音乐与广播

一位少妇从座位起身，水已烧开
婴儿入梦，那暂时不在场的婚姻
拓着她曾深陷过的轮廓

有时乘客来回穿梭
侧身看见舷窗外
遍地是红砖、青禾和香火

在一种巨大的惯性中
大海反复强调肤色
村庄遗传优柔的性格

列车平稳向前，桌椅轻轻摇晃
只有少部分人在低声谈论
南方人事的微妙变动

江口镇月夜

三角梅在傍晚，像一句口号
灯具统治光，留下航迹的飞机
行驶在不左不右的蓝中

父亲靠近电视机，取出今晨的新闻
他已经老了，不再容易激动
自从曾祖母去世，有人永远地失去
一个问安的早晨

那时星期三，阴影在踱步
鸽子盘旋，浪花尚未完成雕塑
一排芒果林，不时朝地面
砸下拳头，以对抗时间积攒的敌意

而我差点就站到强者那一方
直到看见大海——那个以月亮
为信仰的老人
每逢黑暗，他都如此低落
只有明亮的品质，才令他一再澎湃

在闽安

黄龙旗在杆顶猎猎作响
顺着风的方向，潮水跪伏岸边
翻出白色浪花。一百多年后
这一截闽江，仍在进贡忠诚

两岸青山逼仄，舟船进出
昔日炮火飞舞如字词
带着呼啸、锋芒、铁血和失利
战争以反义，庇佑水滨的村庄

年轻的士兵，站在甲板列队
其中一位来自兴化涵头
他的腰间别着铁质的钥匙
他的亲人仿佛锈迹披在金属上

黄土之下，埋着忠骨。有时海鸟掠过
宽阔的江面——它们是未被寄抵的
死讯，迟迟不愿回归林间
因为每棵树，都是会颤抖的母亲

这样的早晨安慰了她。阳光斜射
照入天井，坐北的院落开满菊花

家乡遵循旨意安享晚年
牛羊排练步伐踱进甲申

南方的军队照例简短宣誓
从未如此高亢过，这为自己
准备的悼词；从未如此
深信过，福祚可以永垂不朽

云层走过的路途

夏日的午后，乡间公路空无一人
偶有过路车
停在路边，像极了一个孤儿

从汕头过来祭祖的那群人
几经辗转终于到达。上一次
他们的堂号出现在这里，还是四百多年前

三个老人领他们去祠堂。锣鼓喧天
人头攒动。铜被做成锣面
是大材小用，年轻人用锣槌掏出心中苦闷

只有一家修车铺，没有过多反应
师傅抱着车毂，有如抱着一段
失修的山路：汗水替他表达虔诚

村干部接见了他们。有个小孩
脸挂鼻涕，皮肤黝黑。他躲在墙角
立志长大要做个体面人

多年后，南边打来了一个电话
回忆起那个遥远的下午，说到某些人
他们不约而同地用了"竟成永诀"这个词

仓后路

小酒馆用猪皮熬制肉油
夕阳落地，晚霞飞溅
夜晚形如一只刚放完血的动物

油印机的气味，曾弥散这里
大院集体搬迁后
新的会议稿，通常另有所指

没多久，新鲜尿布打破了
年轻祖母的宁静。在一群女人的
说笑声中，她怀念初为人妇的时光

那时，一对银镯擦亮婚姻
阔叶榕在风中，舔舐窗户的玻璃
送出某次争吵后的安慰

有一天，厨房里反复回响起
儿子学到的第一句外语
人近而立，开始像冰块缓慢融化

爱，流过那二十平米柔软的国土
临睡前月亮照进来。光线稀薄
但足够一家人，对多年以后有所憧憬

菜溪岩南下

草甸上开满红色的野花
她们吃光了风
使天地恢复宁静

在春天，我只有席地而坐
以叶为卒
以花为帅，与群山对弈

这无路可退的人生！度过少年时光
并未左右逢源
当夜色如墨，有凝重的杀气

我多想背动整个朝代，冲过前朝的廊桥
身后的树木笑而不语
这一步险棋，显然经不起他们的推敲

回到故乡

回到故乡，坐最后一次火车
远离有火的地方
给自己改一个
带三点水的名字

每日去河边
捞起一块石子
直到可以浮起
沉重的生平

原谅野草又一年
带着野心来到人世
不以锋利的金属
驱赶它们的绿意

就这样甘愿被包围
哪怕粗茶淡饭，深居简出
也要努力活得
比旧情人们都更长一些

一个人在夜半雨声中醒来

夜晚借走了梦话
才将这场雨说完

十年前我只认识很少的人
而你是其中一个

你告诉我家乡的山洪正在退去
鹅卵石很快就会回到水面

就像你的化名并没有
在最初的陌生中逗留太长时间

昨日重现

我时常回想起十年前
与你初识的夜晚。那些留言、日记
和电话卡
还有夹在金属护身符里的
一张老照片

铁有生锈的惯性
好在我们没有继续陌生下去

在一张信纸里
国家小心翼翼地
辽阔着
像苦楝树,从不轻易以绿
惊散苦命鸳鸯

直到挂掉电话,我们才又重新变回两个省份
夏夜漫长,徒有星光

辑二 远山如飞

今　生

去年年尾的书信，今年初春
才被寄达
太远了。也太慢了

多少次我都想提笔回复：南方的冬天
并没有用太多的时间，浪费在下雪这件事情上

海 天

我为什么不敢用力想念大海
我的心里装着海，海就不完整了
我走了很远很远的路去看海
就是要亲手把大海，再还给大海

此 夜

道路在街灯下入眠
像枕着夫姓的新妇

这夜不能再美了，再美
就美过了她的小名。也不能再安静
再安静就能听见
她在睡梦中的窃笑

橘园洲往事

黄昏的橘园洲，夕阳沉静
芦苇丛空空荡荡
钟声动情的朗诵，落在了江面

我知道许多看不见的事物正在发生
一张照片，留不住鸟儿想要高飞的心

远山如飞

远山如飞，翼展大于整个尘世
昨日看到的山河，早已不是
现在所看到的。我的惭愧大于留恋
当爱的音节被屡屡送出唇齿
我的心却始终，没能追上这个词

忘

局部的蓝飘在头顶。起了皱纹的脸上
光洁的爱情正在减少
一片山麓，被砍尽了绿竹
无数情敌应声倒下

我爱那未知名的草儿，她绿得像失忆
即使去年冬至的大火，曾深刻地伤过她的心

食色记

春天在城中脱光了水分。爱一个人
从食谱开始：用微量的盐
和大把的生姜。爱她少食多餐
圆桌上自立为王，从市集买回酱色的黄昏
山河的清瘦，像一枚硬币
围困英雄。我爱她，关紧所有门窗
窗帘就是旗子；我爱她
吃饭时不说话，用银质的筷子，夹出碗里的头发

大悲若定

枪炮声响了一夜。绾发的新娘
又取下了银簪。孩子出生后
一直都没有取名。在母亲的垂泪中
他用哭声婉拒一个英雄的父亲

生活在远方

冬天中十点半的阳光
最为舒适。可以躺在 D 字头列车里
闭目、养神，只身前往江南
等汽笛声一响，背后陈旧的山川，就会应声而碎

一路向北

火车不能够暗度陈仓
如此皎洁的月光下
任何思念都背道而驰，都无处藏形
今夜，我只想坐在这里
等你南辕北辙，汽笛声覆盖半个国家

你不曾经历的时光

木棉花沉睡。小巷安逸得像初春的泥土
一个接一个的梦境，彷佛薄荷花弹跳在风中
我同时拥有两种花香，漫过枝头
也漫过了月亮。萤火虫和蜻蜓
分别唱响和弦中最坚硬和最柔软的部分

雨落在城市

给每一场雨
取一个好听的名字
挂在门口，它就叫风铃
挂在唇边，它就叫诗

一只蝴蝶破茧之日
正是另一只归寂之时

献 诗

在春天，竹子升向更高的摄氏温度
而海的宽厚又加深了一层
我的祖先打鱼归来，用廉价的燃料
煮着对祖国的爱。他把儿子都取名叫炊烟

仓后路之夏

夏夜里的两颗星星
是天空中的一对姐妹

如果我爱上了她们中的一个
我也会固执地深爱着另一个

我突然想爱你

我突然想爱你，但没有像样的地名
巷子名为十点半
树木叫做过雨停
暗恋的感觉，是月光经过风，用树影在墙上挠着痒
整条路上空无一人
只有一堆碎玻璃
就像猫的逻辑。毫无道理

前 世

从北方来到南方，像一次暮归
夜色浮起灯火，摇篮抬出儿歌
我们屋宇破旧的村落
也曾在一道圣旨里，被深深宠幸过

苏迪罗

在阴天的房间里，我的爱比台风
更具侵略性
登陆你的山海
像闽浙两省，用雨水擦掉边界
我要你奋不顾身
承受着爱我之后的狼藉
我要我浪子的魂魄
在你身上一次次地摔碎
锐减成热带风暴、热带低压、微风
以及最后一滴
留在尘世的雨

双桂岩上

她抱着孩子经过我，就像
一株嫁接后的桃树
结出了果实。五月，那也曾是我们
被祝福过的幻想
日光青涩，在河水里遭遇失败
稻田扎起围裙
她剪短多余的昵称，成为厨房中
谢幕的女神
她该怀着一种怎样的仁慈啊，在这个
同样仁慈的村庄
树阴暗淡如灰烬，用旧了的绿
并没有被人
从树上撕下，用旧了的肉身
像一坛坛老酒
尘封在山上

一只猫的梦境

我想去流浪
跟随一只猫
进入它的梦境
在午夜时分
四野寂暗，宛如静止
窗帘上的仙人掌
拦住时光的远足
我们仿佛永不会老去
从突兀的巉岩上跳下
又爬上云杉的顶端
甩掉对犬类的恐惧
去冲散私议的狼群
哦！风一样的奔跑
让人惬意
哪怕前方尽是丛林、河流
与悬崖。我是一只狮子
蹲坐在云端
等候月亮洗净兽心
我有永恒的一生
每当山下的世界
像一帧遗照，暴露在月光中

树

寒风带走树的绿，像某个清晨
刮胡刀剃去了笑意
锋利的事物本不可相抗，想起那次远足
公路将人们送入云海
村庄与山脉亦敌亦友，露珠和草叶
相生相克。呵！群山婀娜
令人战栗。满眼的去向和归途
引着我，去寻找故交与世仇

雨 中

在清晨我一路北上，离开你
使我睡意昏沉。一场雨刚过
挂在窗玻璃上的
每颗水珠，都别具深意
春天，已经在路边的草丛里
越磨越利，每一朵花
都是令人心悸的锋刃
我只好像一把折叠小刀
收回刀鞘，收回对一枚水果
甜蜜的思念。只好学一个汉字
退回字典，汽车退回公路
雨点退回云层。想到一条河
流淌了上亿年，也不曾为谁停驻
我何其幸运，只用区区光阴
就能遇见你。而那么多的人
却要为这场遇见
生死、轮回和铺垫，在史书里
做着无比绝望的无用功
我们应当有所敬畏
但愿时光，只到你我身上为止

旧时天气旧亭台

燕子低飞的时候
天气阴沉。两年来
被风吹落的只有树叶
没有流星
你拉开抽屉
再次看见铜盘路路曲曲折折
有人站在山顶给你写信
大声喊你的小名
并让它坠入小溪
因此你是湿润的
我多想带上一场雨
把我们不能在一起的时光
重新浇灌
请你打开窗户
露出前年的天真，和我说话
请你相信这场雨
它始于前年，且从未有过停顿

夜晚是短暂的悲悯

黑夜并未比岩石更坚硬
生锈的水龙头，用水
滴穿了整个夜晚

原谅打呼的人类，带着戾气入眠
破坏梦境等于破坏未来
撕碎白纸就是撕碎世界

告诉他去年开过的花
年年都会再开：即使一个人
罪如深渊，春天与春天之间，依然有回声

国 庆

连续下了好几天雨
太阳才想起
要给窗帘一个安慰

整座福州城张灯结彩
让杜甫
一不小心变成姜夔

适逢青草茁壮，声带衰竭
闻者落泪的词牌，再难割出一个
汁液饱满的夜晚

年轻的人们依旧炽热地爱着
父辈们爱过的祖国。偶尔他们怀旧
因父辈们的苍老而由爱生恨

轮 回

今夜，我要往前走
李白在一首诗里等我

马蹄踏碎了河川，水流割伤月亮的脸庞
少年在岸边钓自己的影子
孩子，趁着天未黑
我来带你回家，家在有月亮的地方
一半还在唐朝
一半已不知所终

午夜的追念

终于明白人生的虚无，远方的小草
一岁一枯。长埋于此的亲人
经不起蝼蚁的反复推敲，有如莫须有的梦
他们沿着原路，陆续返青
就要在睡袋里，过完整个冬天

火炬是失眠者的脸

火炬是失眠者的脸，想查清一座村庄
干咳的真相
把枇杷种在墙角。梨树开白色的花
黑夜是某个人
恒久的背影。动车组周身潮湿
来不及穿上雨衣
雨点落在春天，像一朵花没有忍住的暗恋

午后的渔村

午后的渔村，跟她的名字一样安静
适合躺在院场上酣睡
看远山就像一方红木雕成的圆桌
而海鸥
就是此起彼伏的酒杯
我与山风对酌
似有仙风道骨
管什么世上已千年
下一场雨
就是写一首长诗，寄给唐朝的李白
和宋代的苏轼
我们有共同的信仰
不同时代的诗人，在云层上修筑铁路
将一轮月亮
从古代一直运送到远方

雨中小调

委托这场雨
为你念一首诗
我的爱流水不腐
韵脚挂在屋檐
迟迟不肯落下

月下人

当季节，被回忆的嘴唇
舔破最后一张五彩的糖纸
月不再是月
是风撕扯下的一片云

当你的影子，被异地的灯火
驱赶出孤独的身体
你不再是你
是我感伤怀旧的一段长笛

远处的钢琴曲·致爱丽丝

琴谱是竖立的，而爱丽丝是沉睡着的
不要用指尖唤醒她
甚至吻。连月光也不行
我的孩子爱丽丝
她的美，已经惊动了好几幢楼

秋深时分

凌晨五点半的天空
还不够响亮
时有汽车挤过二环路
被冻伤了籍贯
秋分以后
道路裹紧泥土
邮差难回家乡
在一封信的折痕里
你我隔着
落款的时光

委托这首诗

一早上左右翻动一页书
想把这首诗抖下来
送给你。你看起来比我更着急
这是一首没有惯性的诗，写得不俗而且印得不朽

伤 口

世间佳妙当有节制。春天戒掉百花
山路戒掉远方
连寺庙也戒掉了菩萨
往回走吧！向昨日认错
僧袍是僧袍，布鞋是布鞋
一枚松果落在低沉的佛号里
恰似夕阳落入群山
我的老师父，坐化在昨夜的春雨中

旧年的烛光

雨水变成联句，咬住了门墙
在疼痛的农事中
曾祖母分娩，诞下壬辰年

一个甲子过去了，家谱中的人
在烛光下揭竿而起

如果我还年轻，我绝不会眼睁睁地
放走这告密的夜晚
像放任一排树长出鳞片，在风中越游越远

榕城之别

我原谅这座城市
她已经死了

不能终老的恋人
唯风声雀喙

信笺里只有一颗橙子适合我
今生她是一首戛然而止的诗

天涯共此时

在午夜，盐津陈皮的酸涩
难以被开水推翻

月亮抬高了乌鸦的啜泣。航海志横亘脾胃
标出滚烫的岩石，和孤老一生的岛屿

老人独居楼下。阳台上种满的杭白菊
泄露了爱人的名字

自 豪

喝下这杯酒
你就是我的兄弟
喝下这杯酒
我的兄弟将覆盖中国地图
喝下这杯酒
我要高声朗读他们的诗
介绍他们的艳史
喝下这杯酒
我无比自豪于他们的每一个词
都是这个国家忠诚而坚实的大陆架

默

流浪者灌醉了祖国的东南角
是谁把月光
丢入广场？惊醒那些论斤兜售的小鸟

不能得逞的爱情
像妆台上的灰尘
散入人间

辑三 六十个日夜

星村记

如此清亮的早晨：枣马食草，信风诵课
露珠悬挂芽尖上。那被折射的部分
像极这短暂的一天，虚无又不安
沉浸在浩瀚母性中，万物正被寻找与规劝
一条竹筏被制作出来后，把自己埋进
用旧了的水路。它将去往何处？如果是在深夜
星布天际，村立人间，村对星的参拜
需借助半截断香，溪流才愿在萤光中
打开一段祷词婉转的腰身；而星对村的投奔
要始于对云头的反叛，要将粗砺的性格
狠狠地摔进水底，才会最终漾出
值得托付的星象。是的，一个人站在竹筏上
漂了许远，他只能长篙点地，仿佛溪床乱石
会供出被隐藏的命运。一个人走了多久
才意识到自己，正是那段祷词
游移的句点。这水上的日常，岁岁平安
可他被什么牵念着？时间沿着九曲溪
从一个家族，过继给另一个；故国也是
在文言句法和传教士的修辞中，变成苦难
有效的信物。茶市熙攘，匆匆人影远去
溪水在日历上的流动，要远慢于竹筏
在溪水中的归期。只有我一见如故

落籍于茶汤，似故地重游，与倒影相认
只有炉上的茶香，永远浮于水面之上

澳前村日出

突然，光线迸裂，溅满了水面
日出澳前，就像幼帝瞬发的哭泣
令人手足无措。一个月前，船队刚刚
驶离福建，抵达潮汕，国家逃到沿海
此时已无更多的南方，可供盛放
从北边带来的黍离之悲。山石若马
海风似刀，天下之大，竟容不下一声
孩童的悲啼！再一个月，他们又将启程
直至朝代的终点。妻子和我，站在
七百年后的晨曦中，"为何大人们
总是擅自决定孩子的生死？"是啊，那么为何
臣子要把性命，义无反顾地绑上
帝国的沉船？那不过是一道斧声与烛影
而历史恰如幼帝，有不被信任的
滑稽和戏剧，却一再被纵容，在自己的
身前撒娇。站在七百年后的晨曦中
木麻黄结满苦胆，但大海拥立着淡水井
如同守着自然骄傲的奇迹。站在七百年后
的晨曦中，依然是南宋末年的浪花
在吟唱，我能感受到，一座岛屿因为被
歌声环绕，而正在走向不易察觉的崩亡

迎仙寨

骑着车去海边捡石头，却绕到了迎仙寨
明清年间
一只狐仙出没于村志
用墨汁煅烧法术与锁骨
更早的时候
这里桃之夭夭，灼灼其华
人们误入其间
只好在花下老死。枝梢有祠堂
蕊中有灵位
花是一次双宿，还是一场重典
落在石缝间？对于石头来说
美好的年华
总是不屑一顾
错误的事情，却让人忍不住要一错再错

在牯岭北望武汉

北望武汉，我的祖国才刚刚开始
牛羊奔跑
春花绽放
赣中平原上，随处可见甘泉、青草和微风

暮色苍茫。鄱阳湖像巨大的货篮
供银质的星辰
在夜幕里流通。长江水拧出了万家灯火
一群孩子的身世，尚待灌浆

多伦路之秋

深秋说来就来，街道上的人们
在互道一路平安。弓形的江堤上
祝福如离弦之箭射出码头
她躺在宽阔的双人床上，寄出的书信
久久得不到回音
窗帘洞开，只有月光斜照。落在瓷器般的胴体上
她像突然
获得了知遇之恩，而泪流满面

西下普陀山

黄昏时分，云开雾散，海潮退去
渔家姑娘的身世
终于水落石出。这是驶往朱家尖的
最后一趟游轮
人群和海鸟都开始有了漂泊感
一座灯塔就是一炷清香
为何我们无法顿悟
落叶是离鸟的禅心，孤岛是大海的佛性

云雾枫岭关

过了枫岭关，山岭渐渐多了起来
去年冬天
有人挑着雨季出省
远远看见一朵云长在了枫树上
一炷香长在了额头上

群山收容了无家可归的人
深夜里听见妻子翻日历
他咒她自掘坟墓，她知他来日无多

玉湖村

进入明清后，斗拱
就渐渐沦为了装饰
昂嘴被雕成象鼻状，再描上彩画
整间祠堂，耽溺于华而不实的游戏
光绪三年，陈氏后人修缮族谱
搬出的残页破旧不堪
祖先在宋亡之后，从未停止过忍受
蠹虫的噬咬。现在看来，子孙亦未能
全身而退。油墨对时光的记录
究竟是否有力？你我相视而坐
不像某种论据，更像另一种失忆

石室岩

有人爬上山顶是为了
变成山的喉结
大声唱歌。而我们在此作别
像碎纸屑一样活着
纷纷落在未知的村庄
黄昏是一句歌词
黑夜也是。甚至云层、树影
和泥土
但我们无所事事的一生
总容不下
半个多余的词汇
雨点扫在脸上，像责骂，也像原谅

在人间

雷声跃过黄昏，但并没有跃过
万物给它的尊称
它像故国被留在了人间
今夜沉寂，竹林在群山的威严下守着活寡
今夜沉寂
如同积攒了一千多年的香灰

我所熟识的人们，如今都在方志里比邻而居
只有我
孤独。看鸟雀纷飞
多像从寺庙的庑殿顶上，还俗的鸥吻

先 生

——丙申桃月痛悼朱金明老师

先生顺着木兰溪，回到了大明朝

故国滚烫的落日

正在海面等他。舟行之处

桃花盛放

万千子民，穿戴回州府的籍贯

在枝头举起

十五世纪的荣耀。眼见落日西沉

这少不经事的书童

拽了拽先生迟疑的衣袂

他不知先生

因何而悲恸，却常因先生之悲恸

缔生无名之怨恨

但先生安抚了他，像小心翼翼地

吹熄了崇祯末年

最后的灯火

莲池澳

我浪迹在我的福建，海岸绵长
沿海铁路
将孔明灯送进星空
像盐晶回归潮汐。入夜以后
海水咸涩不堪
年轻的浓度，尚在体内残余
我只能靠行走
摇晃沉淀的肉身。群山包容了月亮
耀眼的孤独
月光投射，许多年前
那里也曾是滩涂一片，沙子细碎
而柔软
如同历劫的佛子。如今灌木遍野疯长
并不急于收起寺庙
但已彻底成为异乡

甘蔗林往事

又有一只云朵，飞过农事的上空
甘蔗田毗邻制糖厂。幸好早已将国籍
长久地埋进泥土。此生即是永恒
飞鸟是子弹的荒冢，我们是时间的坟墓

山海恋

如果她从山中归来
向你问起我
你将作何回答

茫茫大海上，我的爱也曾是
唯一的岛屿
我们是岛上年纪最轻的夫妻

每当你独自漫步，小岛就如一颗泪滴
海水涨潮，像要将它
从我的脸上轻轻拭去

空房间

我坐在空房间。暗红色大门紧锁
悬挂的钟表
装满时间的心跳
已经多久了？门外是走廊
被用于行走
安上唯一的路灯，就构成了告别
站在楼道上
离灯两三米，影子会正好
够到你的泪
这时候的孤独最长，是黑色的
像二〇〇八年
我寄出了你
大雾是信封，汽笛是邮编
只是至今尚未重逢
你漂泊路上
是一纸回信

我爱这星期三的晚上

我爱这星期三的晚上，而不是星期二
更不是星期四。我什么也没有做
被月亮照着，了无牵挂。我遇见了一个人
也与人从此作别——他们，都是我的亲人
我挑了一条最近的路，那路曲折、逼仄
还不知通往何处。我就这么一直走着
直到发现左边的世界，总是等于右边的
我想我应该放下遗憾，像公平的水面
裸露在险怪的人间。我终于学会慢下来
并不急于制造落差，因为终将归于大洋

晨 光

又一次清晨赶路：是去向一座城市
还是那个地名？在汉字地理上
山水有时并不只是山水，草木也不会
安于某种既定的隐喻

下雨了，雨点围坐在树叶的圆桌上
起草立夏的食谱。雨点是他和她，
我和你。一个旅人，年近而立
只能借反证法，证明自己还是自己

像风拨开草丛
道路时隐时现
一切藏在情理之外，却也总在预料之中

芭蕉林

我又要骑着风南下了
去看你，去看芭蕉林里
我们前额宽大的孩子

就像许多年前
我从厦门到连城
途经的那片芭蕉林

那时闽西地区尚无高速
大巴在国道上抛了锚
一群人只好下车

远远望见山下有一片芭蕉林
树叶硕大，被他们当成孩子
当成未来的祖国来宠爱着

哦，在没有第二条路的时候
人们望着远方
总是无比安静而坚定

犹在前夜

二〇〇五年夏天
我看见一只壁虎
吞吃了自己的影子

对于这场谋杀
我心有余悸
老屋里的那盏灯，充当了帮凶

在农历的房间里
它本不该
提前照亮秋分、冬至与大寒

陌 生

小路上的两个人
久久地握手
他们的友谊
始于唐贞观元年
两匹坐骑
在西域客栈的马厩里
惺惺相惜
但只有一匹
将被带回原地
不远的大厅内
两名剑客拔出刀剑
他们的敌意
始于更早的秦朝
像一把匕首
藏在心脏里
随时都有致命的危险
一把匕首完成了刺杀
也就完成了生命
臂腕是它的故乡
而胸膛
就是它的坟墓
没有人会在意

一把死去的匕首
将作为何种金属
安静地生锈
仿佛娶妻、生子，直到儿孙满堂
遍布这座村庄
仿佛人群中的我们
带走了善意与仇恨，只留下陌生的体温

立夏将至

肺里的弹簧，又在晃个不停。群山
借助春寒
咳出血红的浆果。立夏将至
看不见的事物
远比目力所及，发生得更为澎湃
头顶红旗猎猎
白昼拢向黑夜
犹有一封家书，令我驻足庆幸——

在深居简出的光中
草木并未完全覆盖那狭窄的归途

远去的琅岐

从防护碑的一侧，走向村庄
到处是鸟鸣
海风，和欢畅的时辰
是树枝
在春雨的回忆录中，重新长成弯曲的水系
鱼群跃上舢板
就变成了一座宗祠
不断回头的歇山顶

但是一切仍在逝去
沙砾涌出政令
吹熄了朴树林，一截家姓
把偏旁深陷在滩涂
正午十点，树叶的锯齿
将阳光
裁成补丁，贴在而立之年
失修的笑声上

它们让我安静了下来
并最终学会在光阴之中隐姓埋名

三县洲

再柔软的事物，都会被时光
敲打成钢铁
所以蝴蝶不要飞在雨中，会生锈
不要在夜里
开太烈的灯，会烧伤信纸上
易燃的昵称
也不要在阳台，种一切会开花的植物
说不定有人
以花入名，就变成了凋落的爱情
年轻时借别人的枝头
绽放青春
却无以为报，这时常令我羞愧
时常令我下决心
要更成熟一点
裹紧风衣，就不听风声
穿上皮鞋，就不走远路
但倘若看到桥
还是要选择绕开
多少年了，每当看见大江东去，我总会心潮澎湃

立 冬

雨丝只有在灯下才是雨丝
因为黑暗，会吃光秘而不宣的针芒

歌声只有在夜里才是歌声
因为眼睛醒来时，耳朵就会睡着

人群只有在远去时才会有姓名
因为擦肩而过的，都是一些卵石

花朵只有在严冬时才会被宠幸
因为春天，断不会对它轻拿轻放

上街镇

晚安，夜里九点钟，路边咖啡馆
一场雨下得太大
整首音乐都会漏水。但伞在哪里
它长着翅膀
它应该渴望有一次飞翔

那就由它去，飞回橘园洲，飞回北江滨
谁说我们不都是
无根的植物。今日天晴，明日转阴
暮色指挥着颜彩
从万物身上撤退，又归来

祖 屋

立春剃去大寒，会变作农历
钉在墙上的呼吸
已经越撕越薄。它的主人
在清晨出门
朝天空撒出
一把燕阵，很快就长成了雨的森林

河水流经这里，剃去方言
裸露出城市
就如河边的老屋，剃去悬山顶
亮出城镇的户籍
我披着你的背影，在刀一样的日子里
剃去童年和友谊，鲜花与爱情

我像废墟那样活着
等一滴烛火，洗掉染尘的光阴

江边村

一个人行走花丛中，浑身突然
都有了烧灼感
仿佛他还是一介少年，还是白纸一张
等候十一月的落款

不必理会风、流水、翅膀和轻舟
这些都是远方的暗示
在音乐中定居下来
幸好秋天仍未发生，尚有春光可供挥霍

槐阴里

住在槐阴里的人，从不轻易出门
因为出门
就会撞上咬人的黄昏
残破的砖墙上，都留下过它磨爪的痕迹
在一道门缝中
学生放学，工人下班，一群猫狗
躲进路边的草丛
万物都在以自己的方式奔向前方，重返故地
就成了伟大的理想
但这时已是深秋
这里不会再落下槐花

白马路

似乎所有的故事都发生在九月
汽车飞驰，三角梅燃烧
一面镜子反锁住人群，但人群
很快就会合谋将镜面撞碎

只有我身后的小巷，变成长长的缰绳
拴住了整座城市
安静是这里唯一的美德。多年前种下的树
每到此刻，就会迎风落泪

为日落月升，为夜幕低垂
为星辰璀璨，却留不住的面容
我会像月亮
骑上健壮的河流，追到远方去

世　间

星期一暴雨冲刷了稻田，青蛙逃出故国
星期二齿轮挥舞着时间，工业时代正揠苗助长
星期三路灯变成昆虫，唱给夜归的人听
星期四动车驶入特等站，一群星星滑入河流

星期五街头挤满的高低不一的人群
有着高低不一的目光
道路如巨大的手臂
将车辆当成了皮球

星期六下了一场大雨，雨点像名字慌忙寻找主人
星期天我坐在窗前，把他们一一记下
在这张平整的纸上，一望无际的白
第一次令他们感到富裕与自足

一　生
　　——给九十三

脚边的花朵在反光
让人想起孩子们的撒娇

一些未知名的花草、树木
和果实，通通都被我称作九十三

九十三，它是一段山路
平整而笔直，但略带坡度，尽头有大转弯

冬天会在那里撞上春天
风时暖时寒的，长满了倒刺

一　天

　　——悼九十三

冬日的阳光俯冲直下
像雪崩。原谅我
尚未准备好一张平静的脸

她拒绝在这样的清晨里
擦窗，说会把新的一天
越擦越旧

让一切保持原样不好吗？盐醋摆在橱架上
脸盆放回水槽里
冰箱也始终关闭，不惊动热带水果的美梦

还有孩子们的窝，最多也只是
稍微捋平
趁着他们在外面奔跑，还没有回来

清晨的渠道

河流扭动着身躯，如褪色的火焰
一些昨日已被漂白
一些面孔化为灰烬

这座城市，已经越来越像
我的旧情人
倒立的虚像，被挂在了墙上

听说你要走，我搬来雨水
为春天钉下篱笆。但枝头的花朵
已经迫不及待地，打碎玻璃的脚踝

泽 国

我们听到雷声，而没有出手制止
雨水就大了起来
在夜里，黑色的海绵疯狂吸水
车辆追逐帆影
树木垂下伞面。但我很快
原谅了它们
人群蒙着雾气，在雨中奔跑
神情何其相似
仿佛随时都将停下，与另一个自己
称兄道弟

白日梦

雨落在树叶上，打湿夜晚的局部
一场风暴形成于多年前
橘园洲涨潮在即
金山寺被归鸟命名

我们奋力投出石块
往江心，击中水上的汽笛
涂满舷号的云层
突然都忘了要驶向何处

少年绝恋

她在院子里
养了一盆花
据说还给花取了
和我相同的名字

她归来时呼喊我
花儿就用盛开来回答
她离开时告别我
花儿就以凋落来伤心

看来一盆花，能把一个季节
一分为二
有一回，她被刺划伤
我才不得已将自己的绿，统统埋进土里

立春的形成

春天想要站立起来
所有的小草都是脚丫

别看它们软绵绵的
体内都藏着坚定的绿

辑四　古老国度的切片

在南方的夜色里

1
月光温柔地亲吻大海的肌肤
如同你的手拨动竖琴的琴弦
整条海岸线上，旋律亲近悠远，仿佛你的体香
整条海岸线上，我细碎的脚印，追逐你的姓名

你就要飞起来了！在南方的夜色里
梦境如同一张薄纸，而你只有一首诗的重量
那年，当抒情的语句尚未落笔
你躺在我的怀里，显得那么安静

你就要飞起来了！就在此刻
所有的回忆来自于一支童谣，一段潮声，一首小诗
缓缓降临。月光消灭了爱与恨，摧毁大海和村庄
你化身一阵风，穿行在南方的夜色里
轻轻地拥抱我，吻别我
还在我的秋天里，种下了春天的花朵

2
街灯破坏了梦境，只剩半边的月亮
一如你留给我的侧脸。夜晚的心脏在文明的胸膛里
微弱地跳动。我的思念无处藏身

像爬山虎冲向天际，落日点燃晚霞
在南方的夜色里，你我相隔着斑马线
用不同的眼神和角度
观望远山呈现出的相异的曲线

它们伸向何方，勾出记忆的轮廓
又最终落回你身上
它们和夕阳拼成风筝，遗失在涨潮的夜晚
花儿歌唱，一首情诗被海风擦亮
我的世界在黄昏中缓慢形成
寄存在你雪白的肌肤之间
等待候鸟捎来潮湿的雨季

3
雨水在车窗上写就的诗句
暴露出风的足迹。闽江水贯穿历史
在清晨，你是一面镜子
照见我前夜的忧郁和远方的自卑

可不可以不想你？一首情歌就是一个阴天
荷花盛开，花香游走河畔
你是其中的一朵，朦胧又朦胧
候鸟争相衔着你的姓名
你的美朦胧又朦胧，被投种进我的田野

如同我的天空都在你的语言里

时晴时雨；我的希望都在你的行程里
夜是思念的翅膀，而月亮是我纯洁的瞳孔
注视着你，恳请你回到我熟悉的南方
回到这南方的夜色里

4
我希望你还在那里，静静听我歌唱
紫藤萝走下山丘，花香冲垮梦的城墙
它们从湖泊的家史里呼喊爱人——
雨水啊，请你下起来，复苏我手中这支枯萎的玫瑰！

一如你的美呼唤我的诗句
你的忧郁圈养我的抒情
在曾经的清晨，阳光温暖，微风和煦
我们也曾红男绿女，许下卑微的誓言

我希望你还在那里，静静听我歌唱
我希望你把名字印染上我的球衣
在秋天的黄昏里，怀念夏日的黎明
月亮啊，请赠予我幸福和伤痕
在南方的夜色里，等候北方的候鸟
爱人啊，请跟随风声同我一道流浪

5
清晨，我来到南方
雨水轻扣湖泊的大门

鸟儿用潮湿的方言互诉早安
爱人啊，我要向你感恩
谢谢你给我一个悠远而美好的甜梦

这一路我且歌且行，经过沉睡的村庄
河流像藤蔓植物挽留我的脚印
这一路我从未停留，爱人啊
当冬天在春与秋的契约中销声匿迹
是你告诉我顺着花香就能找到你的方向

如今，我已来到这里
在雨水中，一朵紫罗兰的幸福就是我的幸福
你如同一只蝴蝶，飞舞在花丛中
不时朝前夜里不及风干的泪痕吻去

6
野火焚烧了村野
我的故乡如一张白纸
点燃在夕阳史诗般的光芒里
这漫长而寂寞的岁月
一半被用来抒情，一半被用来生长
每一个黄昏都给稻田带来新生和死亡

我是一根被秋风握住乳名的稻草
我的血液即将染遍田野
我看见亲人们锋利的微笑和温柔的镰刀

将历史一束束整齐收割

仿若冬天到来的方式
寒风凛冽，平原辽阔
有人在那里呼唤我：请于冬天来临前回到南方
而我如同决绝的野火，挥霍着他们的目光和绝望

7
事实上，她歌声嘹亮
声音穿过我年轻时的夜晚
凌晨，我仰望夜空
满天的星星都是她虔诚的诗句

当我低下思念的头，那诸多的星星
仿佛是我全部的欲望
是她的瞳孔或乳头
亦或是她迷人的曲线

今夜，面对寂静的世界
她的温柔却带来无声的幻觉
我如同置身月亮
瞭望这蔚蓝的星球
只有她一人在歌唱，关于爱情的迷惘
只有她一人的声音，能够直达我的心扉

8

每朵菊花，都有一个鲜艳的名字
——我能一一叫出她们吗？
此刻秋风骤起，像遥远的咒语：
当年她们活泼美丽，走进青春的日记
如今她们承受呼唤，走出泛黄的纸页
却犹如从荧幕中搬下的死亡和诀别

那时我还年轻，在凌晨零点一刻
唱着动人的情歌
每一枚失眠的花朵
都因此悄悄爱上我
在白色的衬衣上
多少附着的梦，被岁月浸渍
暴露出多彩的原色

黑色的风撕扯它们，撕扯着我的记忆
和地图，通向不同树枝和果实
忧郁的琴师用旋律催熟它们
却反而刺入自己的心病：他的心里充满永夜

他是黑暗的一部分，是黑暗的灵魂
他的果实里有黑色的味觉
他的历史里有黑色的称谓
每一朵花都是黑色的鳞片
每一种鲜艳也是黑色的堆叠

136

他用黑色的嘴唇告诉我——

如果不能一一叫出她们的名字
那就将她们尽数遗忘
如果不能把她们一一摘下
那就远离她们诱惑的杀气

9
十五的月亮又圆又近，仿佛触手可及
我多想将它掰开：你一半，我一半
他日离别，必将重逢。他日重逢
必有上弦月或下弦月。你拼起另一半信物
与我相认，如同带来一年一度的中秋——
在人间，遍地散落着银白色的诗句
和失而复得的幸福

10
秋天从你的唇齿间飞出来
在目送候鸟归去的歌声里，月光点燃了果园
这回忆的磷火，照亮南方的坦途

而秋天的意义，就在于风
打破了黑暗巨大的灯盏。除了这夜晚
还有哪里更适合成为梦的母亲河？

你一身羽衣，家乡已远离这折翅的地方

你仿佛嫦娥怀念后羿
希望他用弓箭射落你，手捧你的骨灰
掩埋在南方的夜色里

而我啊，已是白发苍苍，翻读旧年的诗句
我仿佛后羿怀念嫦娥
希望她用月光温柔地撼动我，将身上的时光
抖落在南方的夜色里

11
他在夜里，窗前的家书
等月光落款

她在风中，素净的侧脸
等岁月经过

12
凌晨，我放下铅笔
聆听夜风吹走一首诗的声音
你仿佛一个虚弱的词语
温柔地作别我黑色的眼睛

一杯酒能有多少涟漪
你隐藏在水纹的中心
你是虚弱的词，却唱着饱满的舞曲
轻轻一吻就能挤出一个抒情的梦境

我还能看见什么？
在远方，月光攀上梅花的枝头
开成一枚孤独的家徽
我还在等待什么？
在今晚，请你带着蔚蓝色的青春
敲响我沉闭多年的房门

13
在南方的夜色里
有人喝酒
在杯中打捞我的尸体
有人唱歌
在告别之前再次吻遍你全身

只有声音在运动
夜莺或者树叶，或者蝴蝶的羽翼
悉数静止，并欺骗了月光的眼睛

在南方的夜色里
除了喝酒，除了唱歌
还有多少不朽的记忆

像风给每一朵盛开的花
取一个好听的名字。长埋地底的骨头撕裂肌肤
开始敲打岩石，并惊动了地表上的黑

致莆阳

农历的夜空中，只有月亮的一半
这古老国度的切片
在满天的秤星中兜售着光

借助月色，木头与石块裱褙国家
这古老国度的切片
以五条饿脊，放养六只小兽

城墙外，垂髫幼帝的咳嗽张贴着
这古老国度的切片
带着痰和血迹，因畏寒而剧烈震颤

朱笔画下敕令，构成道道符箓
这古老国度的切片
需用一把明火，将信仰过塑

当桃花开谢，山河起伏，唯有大海平静
这古老国度的切片
流亡的船只像玉玺，暂时压住动荡的时辰

等到波浪松开拳头
这古老国度的切片

又如手掌盛满苦难的掌纹

怀忆故国臣子悲恸，将士玉碎
这古老国度的切片
愚昧是最残酷的刑法，声声割在心上

一年又一年，蓑笠防雨桑麻御寒
这古老国度的切片
是补丁，一遍遍缝合着穿布衣的家族

父亲带着刀斧上山，采回水墨的皴法
这古老国度的切片
伟大的母性，常在山下炊烟中留白

而山路蜿蜒如草书。小和尚艾灸的一天
这古老国度的切片
连同渡口的梵钟，要打通世俗的穴道

一座离岛，是浮在水面的菜叶
这古老国度的切片
缓缓收起饥荒的双眼

战马嘶鸣，护送民间再次回归朝廷
这古老国度的切片
比句读更熟悉君王的旨意

周而复始的脸谱和宿命啊
这古老国度的切片
在沸腾的水中打开隐秘的茶索

你要带着露珠去致敬须臾
这古老国度的切片
总是用清晨擦去熟睡的混沌

你要活得像镜子，并惜之如命
这古老国度的切片
只有它，在替你收集永恒的人间

在南海

1

大海又在深夜修剪涛声，一茬一茬的
月光，大过了家法，但略小于父亲
撒网时的仁慈。当一个人低头怀远
月亮才会将国籍，最终寄抵庭院

一座座岛屿固定岁月：这些潮汐打成的死结
有着比古老伦常更牢固的纹理：车辙与农具
退化成鳍，船帆和渔网编织身世。一道裂缝
游过墙体，就像一种暗疾钻进了中年的布衣

2

月亮盈亏于晦朔，正如疆土
在朝代更迭时的得失。古代很高
人民在低处生产方志，需要曝晒着光阴
一行汉字才会在命里结晶

风吹过，树叶发颤。珊瑚石砌成的老厝上
紫藤萝趴向大海的胸肌。也许她能听见
风正向人间派发锈迹，带着沙哑的声带
一只鱼钩反复转述鱼群的宗教与秘密

3

哦！妊娠之痛，撕碎了黑夜
岛屿之上，没有一个家族
比海的家族更庞大，也没有一种虚无
像大海，只能装下天空的倒影

古老姓氏伏着木门，它随时准备好
冲进哭啼，左右婴儿的一生
鱼群替鱼字旁活着，它们不过是
在向时间归还航迹与化石

4

一支船队，能否将诗歌与赞美
送达远方的陆地？你知道的
潮汐在岸上遭遇过失败。无数的失败
正是无数钥匙，在同一把锁上不断试错

唯有大海仁慈，用波浪安慰沉没的青花
这些破碎的旨意，部分词语尚仍锋利
但到了水底，皆成强弩之末
无尽的流水，已将北辰打磨成民间

5

我路过黄河腾跃，长江分鬃，颍川将一个郡望
驮到南方。我看过钱塘上有漂木，闽江边有城
韩江固守农耕的表情。我到过南海上的黄昏

夕晖延宕，替国家在辽阔海面扎下篱笆

我听过渔人出海前的祷告，一百零八位
兄弟公，对应天上星辰。我见过那份虔诚
面对流水，祖国摊开如掌纹。我找过命
找过海里的盐，以及不被迁徙所消化的乡音

在一哈间

1

春雨在上，行人在下。我在哪里？
一杯明前茶的香气
会推门而入
像故友重逢，在一哈间

2

荷塘里，蛙声正在萌芽。还有蝉鸣
会打开午睡的身体
就像打开冰箱，取出年轻时
那杯冰镇的梦，在一哈间

3

在宣纸上朝发白帝城。白
是少昊的冠冕。国家适于行草
树木高举小楷。花叶落尽
此生愈见真意，在一哈间

4

一些故事正在结霜。游轮像拉链
在打包着闽江
它已经习惯用笑意，取代汽笛
这样多么温暖，在一哈间

寻梦港

1

这一湖的秋色被水流载往对岸
瞳孔是记忆
断层的地方。两年前，我在河东，你在河西
我有大把的好时光
要唱给你。而你如同回声
看着我
又拥抱我的倒影，唯恐语气被风吹皱

2

诗人诞生在八月
桂花飘香。山坡上小屋播放着
旧年的情歌：爱过来，爱过去
秋天从蜂蜜溢出的地方
四下扩散。一树叶子凋落
已来不及掩盖蚂蚁的脚印

3

再没有比现在更适合接吻的时候了
紫藤萝覆盖山丘。我们躺在草丛里
彷佛一对蝴蝶，揣摩秋天的心事
我们彷佛是缺少任何尽头，飞啊
飞，企图穿越象征爱的那片海

遥思曲

1

他将在星期一归来
单手扶车把，单手撑花格伞
在雨中丢失年龄
如果闭眼，就一定有吻
等待表露；如果有风
一定是沿着木兰溪的方向

一路顺风。他将在星期一离去
遗弃单车的后座，遗弃小名
和他们暧昧的嘴型
在这南方以南的城池
任何方向都是北方
任何眼泪要么为离别而流
要么为重逢而留。他不得已收起花格伞
让天放晴。有种方言正在萎缩
有种脚印已欲罢不能

2

在雨水中，淘洗两年前的对白
两年前的语气正在回归的路上
今夜，我们隐姓埋名
推敲当时的月色

一首歌即将流行。还要多少次
芦苇漫上坪陈岭
六月的雨，像是落下的流星
哪一颗将承载你的许愿
如同承载你的十八岁。它摇摇晃晃
挂在江南的屋檐，任凭风吹。不成曲调

3
这浮在水上的城，浮在城上的月光
和浮在月光上的下一个夜晚
让我一度靠近。你已成一道风景
不肯顺从 2007 的逻辑
当我看着你，所有的目光都已干涸
没有语言流出。当你看着我
就顺便探望 2005。他站在
来年堆叠的地方
病入膏肓，无可救药

4
你这小小的白玉兰
缓缓飘下金石山。风儿收藏了最初的心事
夜色正在山脚悄悄铺开
今夜，回忆如同黑暗，让我穿越
让我画你的模样
你这小小的恋人，沾染玉兰花的香气

缓缓走下金石山。月光在南墙上
醉得东倒西歪
今夜你只属于我和它
我愿是你的水中央
等你青衣起舞，苦于泅渡我内心的河流

5
一别多年，我生活在有你的段落
送给你一双翅膀。而我静静站在这里
看你飞翔，做你唯一的终点